KB217653

독신주의자와 결혼하기

독신주의자와 결혼하기

하다하다 글·그림

섬타임즈

프롤로그

마을 식당에 밥 먹으러 가는 길.
일방통행로를 막힘없이 통과해 식당 건물 뒤에
정확히 주차를 하는 남편에게 말했다.
"조선 시대에 태어났으면 김정호처럼 지도를 만들었을
텐데. 여보와 인연이 닿으려면 나는 뭘로 태어나야
할까?"
내 물음에 남편이 답했다.
"당신은 붓으로 태어나면 되오."
이 엉뚱하고 기이하고 매력적인 남자가 내 남편이다.

제주에 파묻혀 책만 읽던 독신주의자를 내 눈앞에
데려다준 건 나와 오랜 인연인 제주가 해준 일이었다.
만난 지 4일 만에 결혼을 약속하고 140일 만에
결혼하게 된 것도, 새로운 삶의 터전을 내어준 것도
모두 제주가 준 선물이었다. 설렘, 연애, 결혼으로
가는 일반적 공식을 깨고 우리는 만남, 결단, 결혼의
순서를 따랐다. 결단하고 나니 설렘이 몽글몽글
솟았고 사랑이 깊어졌다. 기이한 일이었다.

신기한 일은 계속 이어졌다. 그저 우리의 이야기를 인스타그램에 기록해두려고 그림을 그리기 시작했는데 많은 사람들이 애정해주었다. 결혼하지 않은 분들은 설렌다고 했고, 결혼한 분들은 자신을 돌아보게 됐다고 했다.

'사랑하기로 결단하고, 지켜내는 것'.

나에게, 모든 이들에게 거울 같은 말이 되었다. 남편은 나를 '화가(話家)'라고 부른다. 이야기를 만들어내는 사람이라는 뜻이다. 늦게, 그리고 짧게 배운 그림 실력으로 이렇게 이야기를 만들어내게 될 줄 몰랐다. 나는 제주에서 화가로 다시 태어났다. 이 이야기를 읽고 당신도 행복한 꿈을 꿨으면 좋겠다.

2022년 제주에서
하다하다

차례

PART1 독신주의자의 결혼 선언

그와 그녀를 소개합니다

성격 급함

기자 출신

회사적응 잘하는 자유로운 영혼

여 주인공
하다하다

워커홀릭

섬세

도시녀

세상 독립적 (a.k.a. 개인주의)

장녀 (1녀 1남)

굳이 말하자면 INTJ

일러두기
작가의 의도를 잘 전달하기 위해 본문 내용 중 일부는 작가의 표현과 입말을
살려 실었습니다.

PART 1 ♡

독신주의자의 결혼 선언

#1 첫 만남

수도사가 꿈이었던 남자는

고대
그리스어
독일어
라틴어
불어
준비를 하고

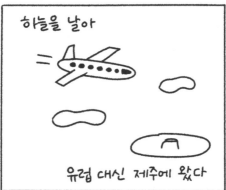

하늘을 날아

유럽 대신 제주에 왔다

허리 디스크의 압박으로
장시간 비행이 불가능했기 때문

독신주의를 고집하며
책에 파묻혀 있던 그는

어느 날 갑자기
혼자 살겠다는 고집을 꺾고

이상한 일이군
결혼을 꿍꾸게
되다니…

주위에 소개팅을 부탁했다

어머니

지인 1

지인 3

지인 2

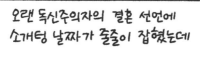

오랜 독신주의자의 결혼 선언에
소개팅 날짜가 줄줄이 잡혔는데

1. 2月
2. 3月
3. 4月
4. 5月

빠른 날짜순

어떻게 된 일인지
앞 순서가 뒤로 계속 밀리고

나와의 소개팅이 첫 번째가 되었다

나는 제주 여행 일정을 첫날은 소개팅,
다음 날부터는 혼자 여행하기로 계획했다

협재   김녕   종달
                  성산
서귀포시장   쇠소깍

하지만 예상을 깨끄 우리는 매일 만났다

책을 많이 읽은 남자와 책을 좋아하는 여자는
할 이야기가 끝이지 않았다

남자는 도심의 골목을 헤매듯
좁은 미지의 숲길로 자주 나를 안내했다

모두 내가
걸어본
길이요

이미 제주를 여러 번 방문한 나였지만
모두 처음 보는 길이고 풍경이었다

공동묘지

순수하지만 상당히 기이한 인간임을
체감하고 있었다

샤대 시절, 도서관에서 새벽부터 밤까지
책만 읽다 졸업 !!

내가 제주에 내려온 지 3일째 되던 날,
남자는 이렇게 말했다

사랑은
인내이자 이해,
온유함이자 모든 것을
참는 것이라 읽었소

오랜 기자 생활을 하며
다양한 사람을 많이 만났지만

아...
머리 아포

이런 부류는 처음이었다

✦✦✦
사실 소개팅을 제안받았을 때 나는 중요한 기로에
서 있었다. 소란한 마음이 바닥에 엉켜 있기도 했고.
그래서 처음에는 소개팅을 단칼에 거절했다. 마땅한
직업도 없이 책만 읽는다는 남자를 소개해주고
싶다는 지인의 말이 얄밉게 들렸다.
이상하게도 그해 봄은 유달리 진했다. 마치 모든 봄이
나를 위해 피어나는 것처럼 나에게 말을 걸었다.
바람도, 꽃도, 나무도. 모두 나를 만져주었다. 마음에
생기가 돌았고 나는 제주로 여행을 떠났다. 남자와의
소개팅은 제주에 가기 위한 핑계였고 나를 위로해준
봄을 혼자서 만끽할 생각이었다.

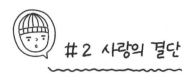

#2 사랑의 결단

소개팅을 주선한 사람이 해준 말이 떠올랐다

아니...
많응이

근데 남자가
쫌 기인이야

네비에 나오지 안은는 길을 찾아다니며

비박(a.k.a 노숙)을 즐긴다는 얘기

남자에게 식사 초대를 받아 집에 갔는데

보이는 벽은 물론 부엌까지 책으로 채워져 있어

집에 들어갈 때 몸을 최대한 웅크려
한 사람씩 들어가야 했다고

대접할 음식으로

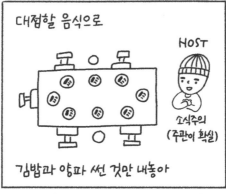

HOST

소식주의
(주관이 확실)

김밥과 양파 썬 것만 내놓아

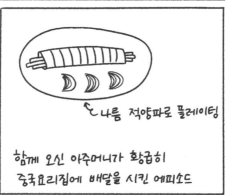

↰ 나름 적양파로 플레이팅

함께 오신 아주머니가 황급히
중국요리집에 배달을 시킨 에피소드

매일 매고 다니는 배낭 안에는

묶여 있는 동네 개들에게 줄
개껌 한다발이 있다는 얘기까지

기인이야
만용이...

이렇게 말한 게 이해가 됐다

사람은 괴짜지만 이야기가 잘 통하는 게
신기했다

특히 내 질문에 멋진 답을 해줬다

그리고 무엇보다도 사랑은 결단이라는 말에

만만치 않은 ㄸㄹㅇ

뭔가 승부를 걸어보고 싶은 맘이 생겼다

왜냐면 지금까지의 사랑은

케미
↓
설렘
↓
썸
↘ 연애

늘 이런 식이었고

더 좋은 사람 만나   우리 친구로 남자

더 이상 널 사랑하지 않아

이렇게 끝이 나버려
뭐가 문제인지 고민이었기 때문이다

사랑은 감정이 아니라 결단이고
그걸 평생 지켜내는 것이오

오! 신박해

이게... 답인가?

이상하면서도 생각할수록 뭔가 새로웠다

당시 나는 해외 출장이 많이 잡혀 있어

시간이 없는 관계로

5개월 뒤에 결혼하기로 약속하고

일주일간의 제주 여행을 마치고 돌아왔다

+ + +

과거의 사랑이 모두 이별로 끝난 이유를, 이 남자를
만나면서 알게 되었다. 감정에 따른 사랑은 열정과
냉정의 롤러코스터를 타지만 결단으로 시작한 사랑은
심장이 멎지 않는 한 지속된다. 아주 단단하고 확실하게
마음을 지켜내기로 스스로 결정했기 때문이다.
만난 지 3일째 되던 날 나에게 사랑을 말한 남자의
고백은 썸남의 문자처럼 결코 쫄깃하지 않았다.
오히려 묵직하고 담백해 내 마음이 덜컥 내려앉았다.
그때 깨달았다. 어쩌면 사랑인 줄 알았던 모든 것은
그저 연애였음을. 사랑은 감히 몇 개의 단어로 다
담을 수 없는 고귀하고 단단한 그 무엇의 결정체인
것을. 그리고 그가 그것을 갖고 있었음을.

#3 빨리 해치우자 (feat. 시가족 일동)

남자는 부모님께 전화로 상황을 알렸다

결혼 소식을 전해들은 누나 부부는

남자의 부모님은 누나 부부를 긴급소집했고

예민하고 별난 거
탄로나기 전에
빨리 장가보내자!!

↗
가족용 얼굴

이 분위기가 깨지기 전에
결혼을 서둘러야하는 걸 직감하셨다

한편 여행에서 돌아온 내게도
질문이 쏟아졌다

뭐! 결혼?

어떤 사람인지
자세히 얘기해봐

뭐하는 남잔데

왜 제주에 사는데?

제주 여행을 갔다가 사윗감을 찾았다는
이야기를 듣고 우리 부모님은 놀라셨다

여행에서 돌아오는 내내
남자에 대해서 생각했지만

그 부분에 대해서는
깊게 생각해보지 않았다

갑자기 현타가 왔다

내가
무슨 짓을 한 거지?

남자는 아이들을 가르치며
현대식 서당을 만드는 꿈을 키우면 되고

일복 타고난 나도 내 일을 하면서
함께 꿈을 이루면 된다고 생각했다

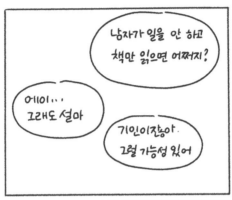

혹시 그 꿈이 지연되더라도 나만은 이 사람을 믿어주고 응원하고 싶어

이게 그 남자가 말한 인내이자 이해가 아닐까?

사랑이다...

며칠 동안 계속 엄마와 이야기를 나눴다
엄마는 유경험자 입장에서 얘기해주셨다

남자는
아이들 가르치고
나도 일하면 되니까

가정경제는 돌아가도록
방법이 있어야지

꿈은 너무 좋지만
현실은 현실이니까

둘이 더 고민해봐

#4 조선 시대 그이

한번도 여자에게
먼저 연락해본 적이 없는데
:
이게 가능한 일이었네요

남자에게 연락이 왔다

남자는 조깅을 하다가 문득 내 생각이 나
사진을 찍어 보낸다고 했다

산책길에서 만난 돌담과 길고양이,
같이 걸었던 길을 찍은 사진을 보니

꿈이 아니었어

내 마음은 다시
제주로 향했다

또 연락합시다

그건 한두 달 후에나 만나는 사람들의 인사예요

그럼 내일 무슨 일이 있어도 꼭 연락합시다

그건 너무 오버예요

그럼 뭐라고 하면 좋소? 늘 가르치기만 하니 모르겠소

'내일 통화해요'라고 하면 되죠

그는 연애 경험이 적어 보였다

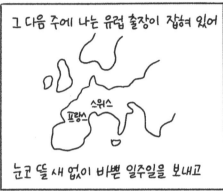

그 다음 주에 나는 유럽 출장이 잡혀 있어

스위스
프랑스

눈코 뜰 새 없이 바쁜 일주일을 보내고

돌아오자마자 제주행 비행기를 탔다

서울에 오면 꽁황이 생긴다며
내려와 달라는 남자의 부탁도 있었지만

그는 당시까지도 2G폰을 고집하고 있었기에

유럽 출장이 2주라니...

국제통화료...

나와 연락할 방법이 없었기 때문이다

핸드폰은 마트에서 사오?

나는 조선 시대에 살고 있는 남자를 끌고

정신없이 하루 일정을 마치고
저녁 비행기 시간까지 조금 여유가 있어

우리는 용담 해안도로로 향했다

남자는
말했다

좋아하는 마음이 사랑으로 발전했을 때

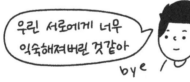

좋았던 것들도 익숙해지면
사랑이 식어버리는 경우가 있었다

하지만 이 남자가 말한
사랑이 먼저라면

살면서 발견하는
상대의 좋은 것들은

인생에 주어진 선물 같은 것이 아닐까?

안아봐도
되겠죠?

그는 처음으로 나를 안아주었다

#5 기다림

나는 유럽으로 출장을 떠났고
남자는 그날부터 핸드폰과 물아일체가 됐다

큰일이다
안테나가 두 개

24시간
WIFI 존에
머무르고

샤워를 할 때도

남자는 나 때문에 집에만 있는데
나만 신나게 돌아다니는 게 미안했다

나중에 루브르에 같이 와요

작품들은 도록으로 거의 봤소

실제로 보는 거랑 다르죠

실물로는 작품을 감상할 수도 없소

남자는 나에게 사진을 보내왔다
제주의 어떤 오름 같았다

내 무덤자리요

70이 되면 이곳에 구멍을 파고 들어가
자연스럽게 흙이 되려고 하였소

당신 때문에 계획은 수포로 돌아갔지만

그 누구도 불편하지 않도록
조급하게 가지 말자는 말이었다

엄마에게 연락이 왔다

딸램~ 일은 잘 되고 있지?

능력 있고 똑똑한 우리 딸
늘 자랑스러운 우리 딸

엄마는 네가 대견한 게 가끔 안쓰러워

네가 자꾸 무거운 짐을 지는 것 같아서

엄마의 마음이 느껴졌다

+ + +

입술에 가장 작은 힘을 실어 '엄마'를 담는 순간은
가장 깊은 내면에 감춰두었던 고독이 불쑥 고개를
내밀었을 때이거나 두려움이 눈앞에 닥쳤을 때다.
'엄마'는 슬픔에 겨워 터져나오는 한숨과도 같고,
가장 온전한 나의 편을 부르는 암묵적 사인 같은
것이다. 그래서 엄마라는 단어는 늘 그리움을
동반한다.

나는 혼자서, 알아서, 씩씩하게 인생을 헤쳐나가는
타입이었고 엄마는 그걸 대견해했지만 한편으로는
안쓰러워했다. 엄마에게는 딸이 혼자 짊어지는 짐이
무거워 보였을 것이다. 어쩌면 딸이 무거운 짐을
내려놓고 쉴 수 있는 사람과의 결혼을 원했을지도
모른다. 그런 엄마의 마음을 느꼈지만 나는 내가
살아온 방법대로 계속 살아가야 했다.

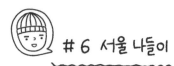 #6 서울 나들이

출장을 끝내고 집으로 돌아왔다

일단 남자를 만나보자

집으로 초대해

부모님은 내가 출장 간 사이
많은 이야기를 나누신 듯했다

희망적인 건가...

우리가 사귀기로 한 지
한 달 정도 지난 무렵이었다

네

엄마아빠가 같이 식사하자는데 서울에 올 수 있겠어요?

남자는 서울에 오면 공황이 온다고 한 적이 있어 걱정이 되었다

어려운 일이긴 한데...

혹시 공항에 나와줄 수 있소? 그럼 큰 도움이 될 것 같소

남자가 집에 오기로 한 날

워-어-엉

아빠는
대청소를 하셨고

엄마는 씨암탉 대신 소를 잡으셨다

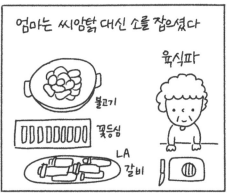

불고기

꽃등심

LA
갈비

육식파

남자는 공황이 올까 봐 걱정하면서도

나를 만날 생각에 서둘러 상경했다

국내선 DOMESTIC

2주 만의
만남이었다

마치 아이가 엄마 손을 꼭 잡고 있듯

그는 내 손을 놓지 않았다

다행히 그의 불안은 느껴지지 않았다

평소에도 집앞 꽃 도매점에서 꽃을 사

직접 한지로 포장해 내게 선물했던 그였다

남자는 산책길에 봐둔 곳으로 가서

수국
한 송이를
꺾은 뒤

올라오는 동안 마르지 않도록 신문지에

물을 듬뿍 묻혀 정성스레 싸온 것이었다

그리고 준비해온 상자에 담아

엄마에게 드렸다

새벽에 꽃을 따는 그의 모습을 상상하니
순수함이 웃겼고

그치... 기인이지

물에 젖은 신문지를 보니
짠한 마음이 들었다

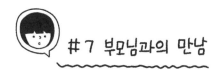

#7 부모님과의 만남

우리 부모님은 결혼 관련 사업을 하신다

그간 만난 예비 커플만 줄잡아 수백 커플

엄마는 커플을 딱 보면 대충
그들의 미래가 그려진다고 했다

알콩달콩 잘 살겠네

또 커플의 가족을 보면 결혼 이후의 삶이
짐작이 된다고 하셨다

흠... 위험할 수도

그런 부모님의 눈에 남자와 내가
어떻게 비칠지 궁금했다

부모님은 간단한 호구 조사를 하셨는데

아버님은
뭘 하시나?

다 건강하시고?

형제는?

처음 듣는 정보들이 쏟아져 나왔다

어렸을 때는 많이 개구쟁이였는데

남자의 가족 이야기를 들으며
어릴 적 모습을 상상해봤다

어머니가 잔소리하시자 남자는 가방을 챙겼고

엄마는 마지막 질문을 던지셨다

우리 딸 어디가 그렇게 좋아요?

제가 평생 결혼하지 않고 살려고 했는데 그 고집을 꺾은 게 천운이다 싶을 만큼

예쁘고 사랑스럽고 현명합니다

남자를 공항에 배웅하러 갔다

그는 한참 동안 게이트 앞을 떠나지 못했다

벌써 그가 그리웠다

집에 오니 부모님이 기다리고 계셨다

사람 좋아 보이더라 순수하고

잘 살 수 있겠니?

평범한 길은 아니지만
네가 가겠다면 가도 돼
엄마아빠는 응원할게

부모님의 마음이
움직였다

큰 산을 넘은 느낌이라 너무 기뻤다
예비 시부모님께 인사드리러 가자고 했다

내가 다른 건 몰라도
평생 시월드 스트레스는
안 받게 해주겠소

우리집은 내가 결혼하는
것만으로도 OK니

우리집 식구들은
결혼식장에서 보는 걸로 합시다

아니 어떻게
인사를 안 드려요

ㅋㅋ 내가 미쳐

#8 진정한 독립이란

주말에 나는 다시 제주에 내려갔다

공항에 도착하면서부터 마음이 이상했다

우리는 자주 가던 동산에 올라갔다

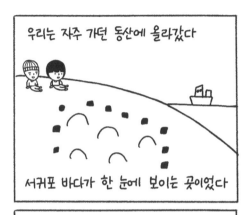

서귀포 바다가 한 눈에 보이는 곳이었다

남자는 나에게 반지를 선물했다

토끼풀로 만든 꽃반지였다

남자의 한마디 한마디가

모두 진심으로 느껴졌다

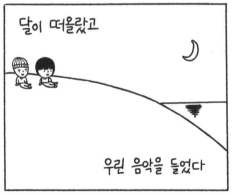

달이 떠올랐고

우린 음악을 들었다

다음 날은 남자의 선배 부부를
만나기로 약속이 되어 있었다

한 번 만난 적이 있는데 사이가 너무 좋아 보여

너무너무
행복해요

와...

결혼 생활의 비결을 묻고 싶었기 때문이었다

배우자가 부모보다
늘 우선이 되어야 하고

양가 부모가
자녀의 삶을 통제하거나
이래라저래라 하는 걸
허락하면 안 돼요

제가 귀 기울여야 하는 상대가
부모가 아니라
남편이라는 거네요

부모의 조언을 존중하고 감사히 받아들이되
통제력까지 허락해선 안 된다는 얘기였다

나는 결혼 전까지 가끔 만나
결혼생활의 비결을 나눠달라고 요청드렸다

선배 부부는 흔쾌히 허락해주셨다

✦✦✦

온전한 독립이란 부모님과의 정신적 분리를 의미한다.
결혼해 가정을 꾸리고도 많은 부부가 부모님과 분리
하지 못해 큰 고민을 싸안게 된다. 부모의 재정적
도움이 발언권을 넘어선 통제력을 갖기도 하고, 부모의
지나친 간섭이 부부 사이의 감정을 흔들 때도 있다.
우리는 다행히 부모님으로부터 독립하기가 어렵지
않았다. 둘 다 성숙한 나이였고, 멀리 떨어져 살게
됐고, 양가 부모님도 알아서 잘 사는 걸 원하셨다.
큰일이 생기면 조언은 하셨지만 결정은 오롯이 둘이서
하게 하셨다. 배우자가 늘 우선인 삶, 효자 효녀이기
전에 좋은 배우자여야 한다는 것, 우리는 누구보다
서로를 1순위로 두기로 했다.

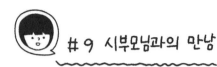

#9 시부모님과의 만남

기자 생활을 하며 쓴 축의금이 꽤 많아
며칠을 갈등했지만 그냥 밀고나가기로 했다

그걸 다 포기한다고?
사람들 초대 안 할거면
계좌번호 적어서
문자라도 돌려!

친한 언니에게 얘기했더니

헉

오랫동안 연락 안 한
사람도 많고…
이게 내 맘이 편해

철없는 것
네가 S그룹 딸이냐

나보고 후회할 거라고 했다

하지만 내가 꿈꾸던 결혼식은
소박하게 가족끼리 시간을 보내는 거였다

키워주신 양가 부모님께 감사하고

가족끼리 두런두런 앉아 이야기를 하는

그런 피크닉 같은 결혼식

결혼식에 대한 큰 틀이 정해졌다
이제 남자의 부모님을 만날 차례였다

나는 서울로 올라왔다

남자는 제주에 남아 신혼집으로 쓸
자기집 정리를 시작했다

공간을 만들자

나는 중간에서 조심스럽게 말씀드렸다

아니에요 어머님
질문 많이 하셔도 돼요

궁금한 거 다 물어보세요

니보다 백 배 낫다
우린 아가씨랑만 얘기할 기다

별났지만 평생 효자로 살아온 남자의
태세 전환은 어머님께 충격이었다

신붓감 인사, 아니 통보를 마치고 나온 나는
잠깐이었지만 아주 선명하게 느꼈다

나에게 시월드 스트레스는 없을 거라는 걸

우리 부모님은 나에 대한
사랑과 집착이 대단해서

이렇게 단호하게 해야
당신이 편할 것이오

남자에게 엄청난 카리스마를 느꼈다

Q1. 남편이 말할 때 실제로
'~오, ~소'라고 쓰나요?

실제로 사용하는 어투랍니다
특히 중요한 말할 때,
부탁할 때 등 아주 자주 써요
제가 선비님이라고 불러요 ㅋ

Q2. 남편이 독신주의를
꺾은 이유가 궁금해요

어느날 문득 결혼을 해야겠다는
생각이 머릿속에서 떠나지 않았대요

거부할 수 없는 운명의 파도같은 걸
느꼈다고 하더라고요

Q3.
서울에 오면 공황 증세가 있다고 했는데
샤대학 다닐 때는 괜찮으셨나요?

제주에 내려와서 살다보니
생긴 것 같더라고요
대학다닐 땐 문제없었고요

사람 많고 복잡하면 호흡이 잘 안 되고
심박이 빨라진대요
8년 동안 같이 극장에 딱 한 번 가봤어요

Q4. 남편이 기인이라고 하셨는데
    작가님은 불편하신 점은 없나요?

저도 독특한 사람이라...
합이 아주 잘 맞아요

남들이 저희를 보고
둘 다 별나다고 하더라고요

참고로 저에 대해 살짝 소개하자면

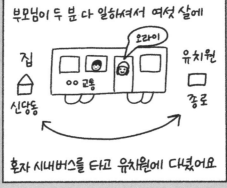

부모님이 두 분 다 일하셔서 여섯 살에

집

오라이

○○ 교통

유치원

신당동

종로

혼자 시내버스를 타고 유치원에 다녔어요

어학 연수시절 200달러로 미서부 일주를 했는데

숙소비 아끼려고
라스베가스 카지노에 앉아
이 자세로 잤어요
(게임 안 함)

↳ 20대의 하다하다

부모님의 반대에도 결혼을 하는 친구를 위로한다고

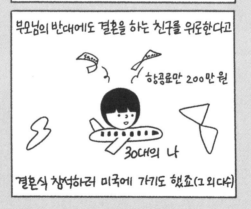

항공료만 200만 원

30대의 나

결혼식 참석하러 미국에 가기도 했죠(그 외 다수)

Q5. 남편은 왜 WIFI 존에만 머무시나요?

당시 경제적으로 넉넉하지 않아
가장 저렴한 요금제를 골랐어요

그러다보니 데이터 사용을 줄이려고
WIFI 존에만 있게 된 거예요

PART 2 ♡

당신은 나의 구원자요

10 셀프 웨딩 준비

나는 인터넷으로 예식에 필요한 예복과
소품을 파는 곳들을 뒤지기 시작했다

면사포   드레스   웨딩 슈즈

당시 스몰웨딩이라는 개념이 알려지고 있어
그렇게 어렵지는 않았다

이효리, 이나영이
먼저 했지만
생각은 내가
10년 전부터 이미...

남편감을
늦게 만나는 바람에

2주 뒤 또다른 해외 출장이 장기로 잡혀 할 일이 태산이었다

그 와중에 결혼 준비를 하려니 너무 힘들었다

헉 헉

한 손에는 면사포

한 손에는 출장 서류

三 3

내 결혼 방식이 특이해
웨딩플래너에게 도움을 받을 수도 없었고

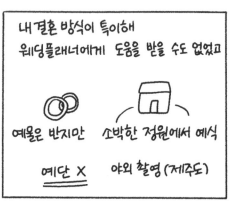

예물은 반지만   소박한 정원에서 예식

예단 X   야외 촬영 (제주도)

원낙 취향이 까다롭고 선호하는 게 확실해

내 무덤
내가 팜

까다롭다
예민하다
섬세하다👍

내가 다 알아보고 모두 결정해야 했다

집 상태를 보기 위해 남자의 집에 방문했다

혼자 살기엔
적당하지만

둘이 지내기엔
약간 좁은 듯했다

현관

제주는 일 년 월세를 미리 내는 시스템이라
계약 기간은 채우고 싶었다

작은 시작이지만
불편하지는 않은 걸

나는 만족했다

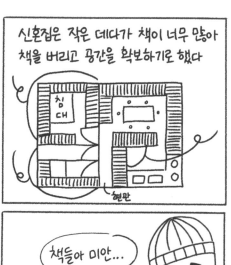

신혼집은 작은 데다가 책이 너무 많아
책을 버리고 공간을 확보하기로 했다

책들아 미안...

남자에게 몇 가지 주문을 했다
첫째, 침실은 미색 페인트로 칠할 것

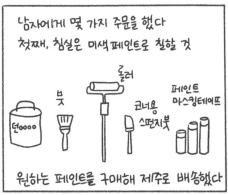

원하는 페인트를 구매해 제주로 배송했다

책만 손에 잡고 살았던 시대 출신 남자는

평생 처음으로 페인트 롤러를 손에 들었다

침실 바닥이 90년대식 노란 장판이라
마루 느낌의 데코타일을 깔기로 했다

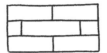

일을 줄이기 위해 장판 위에 깔 수 있게
접착식으로 주문했다

세 시간 만에 깔긴 다 깔았는데

중대한 문제가 생겼다

덧댄 장판 때문에
바닥 높이가 높아져 문이 안 열렸다

바닥을 다시 뜯어 내고
그 부분만 노란 장판으로 둘까

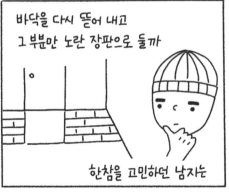

한참을 고민하던 남자는

문 아랫 부분을 커터 칼로 깎기 시작했다

(집주인에게 양해 구함)

오늘은 한 시간 동안 문을 깎았소
커터 칼로 문이 깎인다는 게
놀랍소. K 커터 칼 최고요

ㅋㅋㅋ

#11 예식장 찾아 삼만 리

결혼식에서 꼭 하고 싶은게 있었는데

그건 바로 들러리와 함께하는 것이었다

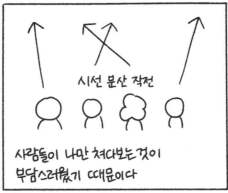

그리고 친한 친구, 동생 들과 함께
시간을 많이 보내고 싶기도 했다

결혼식에 와서
밥만 먹고 가는 거
아쉽더라고요

남자와 나는 각자 친구들에게
들러리를 요청했고 모두 오케이 했다

친구가 많이 없지만
구해보겠소

재밌을 것 같소

결혼식 장소를 보러 다녔는데
생각보다 난관이 많았다

첫 번째 옵션은 마당이 있는 독채 펜션

조건에 맞는 독채 펜션이 없어 다른 방법을
찾아야 했다

흑돼지

곽지해수욕장 근처 절벽에 있는
마당 넓은 흑돼지 식당부터

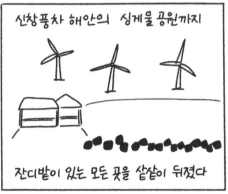

신창풍차 해안의 싱계물 공원까지

잔디밭이 있는 모든 곳을 샅샅이 뒤졌다

나는 마음에 드는 곳이 있으면
무조건 들어가 예식이 가능한지를 물었다

어떻게 그렇게
생판 모르는 남에게
불쑥 말을 걸 수 있소?

반했소

기자 출신이잖아요
섭외, 설득 전문이에요

남자는 나의 추진력에 감탄을 금치 못했다

애월 한담 바닷가 카페가 너무 예뻐 들어갔다. 내가 원하는 조건의 뷰였다

마침 스몰웨딩 사업을 준비 중이라고 했다

그곳을 전체 대관하기로 약속했는데 갑자기 연락이 왔다

10월에 바닷바람 오래 맞으면 어르신들 입돌아간대요

제가 잘 아는 리조트 이사님께
상황을 얘기했어요
이 번호로 전화해보세요

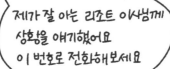

거의 모든 것이 다 계획대로 되었는데
막판에 예식 장소가 틀어졌다

생각대로 되지 않는 건 정말 멋져요
생각지도 못한 일들이 일어나는 걸요

빠빨간머리 앤이
이렇게 말했지

뭔가 어떻게 되려나

마침 그 리조트는 야외웨딩 사업 런칭 중이라
우리 결혼식을 테스트로 해보고 싶다고 했다

다른 비용 없이
케이터링만,
파격적 비용이에요

내 계획대로 되지 않았지만
정말 생각지도 못한 일이 일어났다

+++

제주라는 섬은 늘 우리에게 결혼의 순간을 추억하게
만든다. 동쪽으로 놀러 가면 신혼여행 때 머물렀던
숙소를, 서쪽으로 드라이브를 가면 결혼식장을
지나가곤 한다. 해안도로를 달릴 때면 발품 팔며
다녔던 예식장 후보지들이 스쳐 지나간다.

그때마다 우리는 "우리 저기서 결혼할 뻔
했는데"라고 말하며 웃는다. 화장실도 없는
바닷가 한가운데서 결혼식을 했다면 그
뒷감당을 어떻게 했을까. 정원이 아름다운
독채 펜션에서 했다면 지독한 산모기의 습격으로
결혼식장이 아수라장이 되었을지도 모른다.
그 모든 곳들이 우리의 결혼을 다시 떠올리게 하고,
그때 했던 약속들을 생각하며 마음 매무새를 다지게
만든다. 우리에게 제주는 삶의 터전, 그 이상의 의미다.
제주 곳곳에 우리가 새겨져 있기 때문이다.

#12 하트 사용법

제주를 자주 오가다 보니
끼니를 놓치는 일이 잦았다

저녁 5시 반 비행기라
시간이 애매하네...

나의 예비신부가
배를 곯는 일은 없어야지

게다가 저 여인은
체구도 작고
너무 조금 먹지 않는가

남자는 나를 위해 늘 도시락을 만들어주었다

주먹밥

얼린
수박주스

방울토마토와 곱게 깎은 오이

우리는 만난 지 100일을 향해
달려가고 있었고

계약 예약
입금

각자의 자리에서 열심히 결혼 준비를 했다

남자는 자주 나를 웃겨주었는데, 하루는

당신이 주고 간
비타민을 먹다가
결혼식장에
못 들어갈 뻔 했소

비타민 C?
그거 설마 그냥 먹었어요?

입 안에서
녹여 먹으려고
했는데

위기가 닥치기도 했다

일로 몇 번 본 남자연예인이 SNS에
나를 언급하며 감사인사를 남겼는데

잘 지내시죠!
덕분에 감사했어요 ♥

별말씀을요!
화이팅 ♥

글에 하트를 넣은 게 화근이였다

어떻게 외간 남자에게
하트를 날릴 수 있소

개인적으로
연락하는 것도 아니고
SNS에 이모티콘을
쓴 것 뿐이에요

아무리 이것이 인터넷 문화라고 해도
당신이 동참할 줄은 몰랐소

'사랑합니다 고객님'
이거랑 비슷한 건데

혹시 이것은... 질투?

우리는 이 문제에 대해서
하루의 시간을 갖고 생각해보기로 했다

처음에 남자가
나를 사랑한다 했던
고백은... 정말
이 정도로 깊은 거였구나

나에게 사랑과 ♥ 이모티콘은 별개지만
남자가 그것을 동일하게 여긴다면

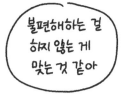

불편해하는 걸
하지 않는 게
맞는 것 같아

#13 경제권은 누구에게?

남자에게 궁금한 게 있었다
그건 바로 현재 재정 상태였다

분명 서울에서
잘 나가는 강사였다고
했는데...

그 많던 돈은 다 어디 갔을까?

왜 지금 상황이
넉넉해 보이지 않는 거지?

결혼 생활을 위해서는 반드시 물어야 했다

선배 부부가 말씀해주신 게 생각났다

지금은 맞벌이하는 게 보편화되어서
조금 다르긴 하지만

남자는 본능적으로
가정경제를 책임져야 한다는
생각을 갖고 살아요

내가... 가족을 먹여 살릴 수 있을까?
이 생각에 늘 불안하죠

그리고 남자의 수입은
남자의 자존감과 연결되는 경우가
대부분이에요

나는 남자에게 조심스럽게 물었다

내가 독신주의여서 많이 모을 필요가 없다고 생각했소

시골에 있는 구옥도 선배에게 무상으로 빌려줬다고 했다

불우이웃   가족   후배

친척   지인

개껌   떼인 돈

기인 선생은 박애주의자였던 것이다

우리 아빠는 내가 어렸을 때
동네에서 상점을 운영하셨는데

나는 여섯 살 때부터 가끔 아빠를 도와
토큰을 팔며 숫자 감각을 익혔다

잠시 미국에 살 때도 벼룩시장이나
이사 세일하는 곳에서 용돈을 벌었다

특히 무빙세일 땐
득템하는 게 많죠

좋은 물건을 헐값에 사
나중에 되팔았어요

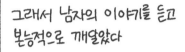

그래서 남자의 이야기를 듣고
본능적으로 깨달았다

밑빠진 독을 틀어막을 적임자는
바로 나라는 것을

안심시킨건 확실한 것 같았다

✦✦✦

돈 관리에 전혀 관심이 없는 남자와의 결혼은 일장
일단이 있다. 좋은 점은 그냥 내가 생각하고 판단하는
대로 재정을 관리할 수 있다는 것이고 이 부분에서
남편의 절대적 신뢰를 받는다. 유일한 단점이라면 재정
상황을 정확히 모르는 남편은 해맑게 살 수 있고, 관리
하는 나는 틀고 막고 옮기고 불리는 데 적지 않은
에너지를 사용한다는 점이다.

수입이 줄었는데도 계속 지인들에게 밥을 사려고 하는
남편에게 충격 요법으로 "지금 재정이 마이너스이니
조심하자"고 했다. 그 다음부터 남편은 마트에 가서
장을 볼 때도 "우리는 아껴야 한다"며 사야 할 것도
사지 않았다. 순수하고 무해한 사람이라는 것을,
다시 한 번 깨닫는 순간이었다.

 #14 청혼

신혼집에 필요한 살림살이 체크를 위해
제주에 내려갔다

남자가 깎아놓은 안방 문도 보고

새로 조명도 달기 위해서였다

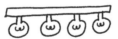

인테리어에서 중요한 게 벽, 바닥, 조명인데
이 셋의 스타일만 맞춰도 분위기가 달라진다

나는 내 방을 셀프 리모델링해본 적이 있다

부모님과 살던 아파트가
여전에 유행했던
체리목 스타일이어서

제 방만 화이트 톤으로
바꾸었어요

두꺼비집을 내려
조명도 바꾸고

문과 몰딩은
젯소+페인트로,
벽은 페인트로
모두 칠했다

하지만 평생 책과 펜만 잡아본 남자에게
조명 교체는 쉬운 일이 아니었다

이건 뭐요?

전등 커넥터요
요샌 전선을
이어붙이지 않아요

두꺼비집을 내리고도 절연장갑을 꼈다
형광등을 빼내고 LED 전구로 바꿨다

노노!
이렇게 생긴 걸
풀면 빠져요

이건 천정에
고정된 것 같소

146

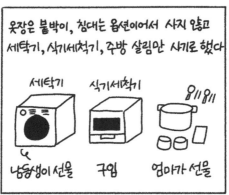

옷장은 붙박이, 침대는 옵션이어서 사지 않고
세탁기, 식기세척기, 주방 살림만 사기로 했다

세탁기   식기세척기   우리집

남동생이 선물   구입   엄마가 선물

해외 출장 때 자잘한 소품들과
주방용품을 좀더 구입하기로 했다

V 캠프도마
V 침대시트
V 등등

정리가 거의 끝났다

머리도 식힐 겸 우리는
최애 언덕으로 올라갔다

남자의 등에는 짐이 한 보따리였다

처음 듣는 괴상한 동물소리가 났다

꽤—억

어머
멧돼지 아니에요?

 #15 그리움

결혼식을 한달 앞두고 영국으로 출장을 갔다

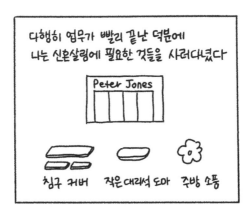
다행히 업무가 빨리 끝난 덕분에
나는 신혼살림에 필요한 것들을 사러다녔다

Peter Jones

침구 커버   작은 대리석 도마   주방 소품

런던 거리를 거닐다가 예쁜 상점을 발견했다

그곳에 청첩장? 하나가 눈에 쏙 들어왔다

ㅋㅋㅋ

남은 인생동안 널 괴롭히길 고대하고 있어??

평생 귀찮게 하겠다! 저것이 결혼의 진실?

신기하고 재밌었다

우리도 청첩장을 만드는 중이어서
안에 들어갈 내용을 생각하고 있었다

생각할수록
저 문구 너무 좋은데?

남자에게 연락했다

문구는 정리했어요?

아직 못했소...

남자는 출장으로 정신없는 나 대신
청첩장 문구를 정리해 주기로 했다

오스만 제국에 대한
글을 쓰는 게 훨씬
수월 것 같소

다독의 내공을 발휘하면 되죠
짧고 간결하게

이걸 읽고
결혼식장에 오려는 생각을
접으시도록 부드럽게 요청하겠소

우린 안쓸거고
양가 부모님만 사용하실거니까
최대한 정중하게요

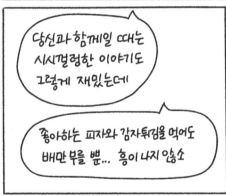

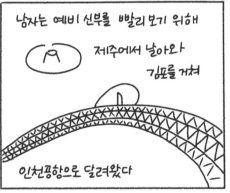

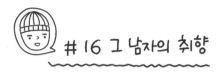 # 16 그 남자의 취향

남자가 서울에 온 김에 쇼핑몰에 들러

결혼식에 입을 양복과 구두를 샀다

반했어 ♡

난 키가 작아 평생 바지길이와 소매단을
수선해 입었고

이 예쁜 밑단을
잘라야하다니...

절개선

발사이즈는 225여서 예쁜 신발 대신
사이즈가 있는 신발을 신어왔다

230부터~

225만 보면 쟁여놓음

기성복이 딱 맞는 남자라니...
너무 행복했다

남자는 냉면을 싫어하지만 내가 애정하는
냉면을 먹으러 이태원에 따라가주었다

최애하는 만두가 있어 행복

중학교 때부터 단골

주말에 웨딩 촬영할 때 쓸 소품도 샀다

남자는 우리집에 있는 책을 살펴보기로 했다

영화 〈투모로우〉에서
갑자기 닥친 빙하기 한파를 피하려고
뉴욕 공립 도서관으로 피신한 사람들이

체온을 유지하기 위해
책을 태우는 장면이 있소

영화를 보며
그렇게 몰입한 적은
처음이었소

너무 울어
눈이 부을 정도였소

저녁식사 자리에서 상견례 얘기가 나왔다

시댁 어른들을 만나봐야 할 텐데

서울에서 만나야겠죠?

서울에 또 올라올 수 있겠어요?

수업을 너무 많이 미뤄서 더 이상은 안될 것 같은데

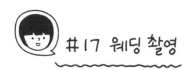

#17 웨딩 촬영

171

우리는 웨딩 촬영을 위해 제주로 내려갔다

촬영일은 날씨가 너무 좋았다

결혼식 때 메이크업을 해줄 숍에 가서
미리 테스트를 받기로 했다

당시 제주에서 웨딩 스냅을 찍는 작가가
많지 않았는데 부산 사는 작가와 연결이 되어

와!
내가
원하는 느낌

색감이
너무좋아!

스냅과 본식 촬영까지 해주기로 했다

저도
제주 여행하니
너무좋죠

항공료는
필요 없어요

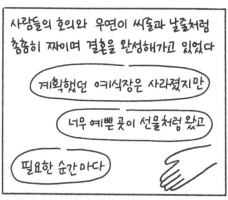

그리고 무엇보다도
내가 생각하고 경험했던
사랑과는 완전히 다른...

남자가 말한
결단의 사랑이

행복과 감사를
가져다주는 게
아닐까
생각했다

메이크업
끝났습니다

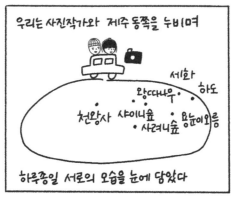

우리는 사진작가와 제주 동쪽을 누비며

세화
하도
왕따나무
천왕사 샤이니숲 · 용눈이오름
· 사려니숲

하루종일 서로의 모습을 눈에 담았다

샤이니숲

'마음껏 담아보렴' 얘기하듯
하늘은 푸른 자신을 내어주었고

우리는 그 사랑을
서로의 눈빛에 새겨넣었다

+ + +

'우리가 생활하는 반경 내에서 웨딩 스냅 사진을
찍으면 어떨까'란 생각에 선정한 장소들이었다.
도시에서는 조금 더 큰 용기가 필요하겠지만 이렇게
촬영하면 의외로 좋은 점들이 많다. 동네 구석구석,
자주 가는 공원, 한강 등 둘만의 추억이 담긴 곳도
좋겠다. 우리는 천왕사 입구, 샤이니숲, 사려니숲, 세화
해수욕장, 하도해수욕장, 용눈이오름에서 촬영했는데
그곳에 갈 때마다 늘 웨딩 촬영했던 순간이 떠오른다.
스튜디오에서 촬영한 사진은 앨범 속에만 남지만
내가 사는 곳에서 촬영한 사진은 늘 가까이에서
그 순간을 추억하게 하니 우리 마음에 깊이 각인된
느낌이라고나 할까. 제주에 살지 않더라도 제주에서
촬영한다면 제주에 올 때마다 그 순간을 추억하게
되어 여행이 더 빛날 것 같기도 하다.

번외편:MBTI

간이 테스트로 해본 남편의 MBTI는

INFP

밝은 사회 건설

열정적인 중재자 (사려깊은 피터팬)였다

- 공감 능력 & 감수성이 뛰어남
- 끝까지 파고드는 능력
- 타인에 대한 배려
- 예의를 중요시 함
- 한번 싫은 건 계속 싫음
- 결정장애
- 간섭하는 것 싫어함

맞네 ㅋㅋ

MBTI로만 봤을 때 우린 너무 잘 맞는다

공통점 혼자 있는 것 좋아함
       독서좋아함
       자기 생각이 확고함
       할 말 많아함

왜 잘맞을까?

① 남편은 나의 상상력,
   특히 재치넘치는 대답을
   엄청 재밌어함

② 행동은 예측가능하나
   어디로 튈지 모르는 나의
   사고 패턴에 매력을 느낌

INFP 에게
뭘 그런 걸 가지고 그래
라고 하면 안돼요

평화의 의도가 전혀 없는
장난스러운 분위기에서
나온 말이라도

본인이 인간의 존엄과 자존감을
침해당했다고 생각하면 그런거니까

무조건 사과하고 조심해야 해요

※ 어차피 나(INTJ)는 상대의 반응을
크게 신경 쓰지 않음 (공감 능력 ↓)

나는 귀염뽀짝 애교 많은 독재자이고
남편은 박학다식한, 꿈꾸는 소년이다

우리의 결혼 생활은 이런 느낌?

187

MBTI에 과몰입하는 스타일은 아닌데
남편에 대해 더 깊은 분석을 하게 됐다

해보니 재밌네요

결정을 빨리 내리도록
강요하면 안 된다는 걸
알게 되었음

결론적으로 저희의 경우
INTJ + INFP 조합은 찰떡궁합인 걸로

알게 된 만큼
더 이해하게
된 것 같아

PART 3 ♡

그리고 사랑을 배운다

#18 우리 결혼할 수 있을까?

영국 출장 때부터 허리가 아팠는데
나아질 기미가 보이지 않았다

삐끗한 것도 없고
무리도 안 했는데

병원에
가봐야 하나

집 근처 병원에 찾아갔다

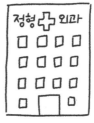

정형 외과

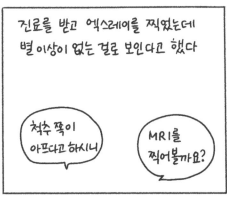

일단 약 처방을 받고
운동 치료와 물리 치료를 받으러 다녔다

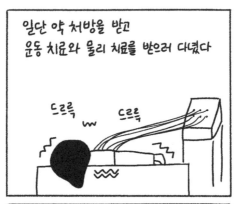

며칠이 지나도 통증은 더 심해졌다

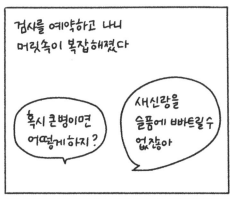

검사를 마치고 진료를 기다리는 시간은
너무 길었다

어떻게 됐소

검사 중이요?

괜찮을 거요. 너무 걱정마시오

아직도 검사 중이요?

대답을 할 수가 없었다
결과가 나쁘면 그냥 사라질 생각이었다

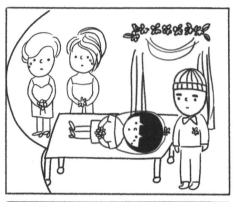

19 아빠와의 마지막 춤을

서울과 제주를 오가는 장거리 연애인 데다가
연애하며 동시에 결혼 준비를 하는 바람에

신혼여행 예약

어른들 숙소 예약

식장에서 쓸
스냅 사진 셀렉

만나면 처리하고 결정할 일들이 많았다

신혼집 준비

서울에 있는 내 짐 이사

주례 요청

그리고 청첩장 …

결혼식 순서가 정해지고

매형이 노래하고

조카가 비올라 연주

들러리 입장
ㅣ
신부 입장
ㅣ
성혼 선언

그리고
아빠의 품을 떠나는
딸과의 마지막 춤

외국 영화를 볼 때마다
늘 인상깊었던 장면이 바로 이거였다

아빠와 딸의 마지막 춤
난 이걸 아빠와 꼭 하고 싶었다

딸이 태어나면 아빠는 벌써부터
시집 보낼 생각에 눈물 흘린다는데

이 천사같은

아이를

못 보내

나랑 살자

안 보내

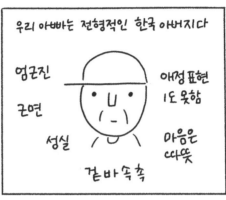

우리 아빠는 전형적인 한국 아버지다

엄근진

근연

성실

애정 표현
1도 못함

마음은
따뜻

겉바속촉

아빠가 처음으로 하셨던 사랑 표현은

사과가
딸내미만큼 예쁘네

60대 CCH

였다

그런 아빠에게 나 또한 사랑을 제대로
표현해본 적이 없는 딸이었기 때문에

그날 만큼은 묘한 감정에 휩싸일 아빠와
시간을 보내며 떠남을 준비하고 싶었다

✦✦✦

아빠를 떠올리면 늘 생각나는 장면이 있다. 결혼식
때 내가 아빠와 춤을 추는 순간을 담은 장면이다. 내
손을 살포시 잡고 두 눈을 꼭 감은 아빠의 사진을 볼
때면 마음 한구석이 찡해진다. 아빠를 처음 안았는데
우직하고 바위처럼 단단한 아빠와의 포옹은 무척
포근했다. 부드러운 것만 위로를 주는 것이 아니라는
사실에 놀랐다.

오랫동안 품 안에서 키운 딸이었는데도 아빠는 사위
에게 보내는 게 쉽지 않았는지 기쁘면서도 슬픈, 묘한
표정으로 결혼식 내내 우리를 바라보셨다. 그에 반해
나는 결혼식 내내 웃었다. 지금도 친정에 갔다가 내가
제주로 내려오고 나면 아빠가 서운해한다는 이야기를
엄마에게 전해 듣는다.

"내가 제주에 안 내려가겠다고 하면 그게 더 문제지."
이렇게 쿨하게 말하지만 가슴 한구석이 찡한 건
어쩔 수 없다.

#20 더 사랑하게 하소서

서울에 있는 내 짐을 싸기 위해
남자가 올라왔다

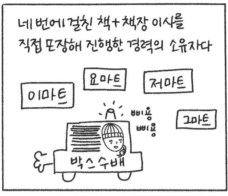

내 방에 있던 큰 짐이 모두 나가고
방이 텅 비니 묘한 기분이 들었다

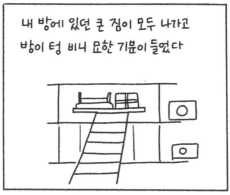

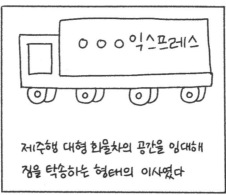

제주행 대형 화물차의 공간을 임대해
짐을 탁송하는 형태의 이사였다

지나가던 아파트 주민들이 물었고

어머 이사가세요?

우리 딸 제주로 시집가요

아프

세상에!

이야! 제주 부럽네요

딸네 집에 자주가시겠네요

호호

부모님과 멀리 떨어지는 게 실감이 났다

남자는 내 짐을 받으러 다시 제주로 갔고

나는 결혼을 앞둔 이틀 전, 제주에 내려갔다

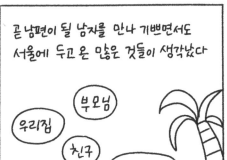

곧 남편이 될 남자를 만나 기쁘면서도
서울에 두고 온 많은 것들이 생각났다

부모님

우리집

친구

익숙한 것들

비행기 타면
한 시간이면 가는데

뭐가 이렇게
그립지...

마음이 묘하게 요동쳤다

내 마음을 알았던 걸까
남자는 내 손을 잡았다

제주에 도착한
당신의 짐을 정리하니
묘한 기분이 들었소

이 사람이
별볼일 없는 나의 삶에
용기있게 뛰어들었구나

그래서
내 목숨까지도
아낌없이 주게 하소서

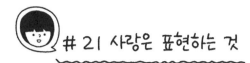

21 사랑은 표현하는 것

선배 부부와 식사 약속이 있었다

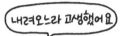

내려오느라 고생했어요

싱숭생숭하죠?

나만 뚝 떨어진 듯한 기분이었는데
아는 분을 만나니 한결 안심이 됐다

사모님이 식사를 준비하시는 동안

선배는 차를 준비해 내오셨다

나는 늘 남편을 북돋워주고
인정해주고 최고라고 말해요
그러면 남편은 사랑이 충족돼요

두 분도 당연히 사랑해서 결혼하는 거지만
계속 사랑을 표현하셔야 해요

그걸 잘 알아서 해줘야 상대가 사랑받고 있다고 느끼겠네요

그렇죠

아내는 남편과 함께 시간을 보내야 사랑받는다고 느끼는데

남편이 집에 잘 안 들어온다면 아무리 선물을 해도 아내는 불만족하죠

사랑에는 수고가 따른다

그리고 그 수고는 평생의 노력이다

결혼 이틀 전의 밤은 그렇게 깊어 갔다

#1100고지

+++

인간관계에서 가장 조심해야 할 점은 상대가
'내 마음을 알겠지'라고 생각하는 것이다.
부부 사이에서는 특히 더 그렇다. 표현하지 않으면
상대는 내 마음을 모른다. 아무리 오랫동안 연애하고
결혼했더라도 배우자의 생각을 정확히 읽어낼 수는
없다. 그래서 생각을 솔직하게 이야기하는 게 굉장히
중요하다. 다양한 일들을 겪으면서 서로 다른
점을 알아내고, 다른 부분에 대한 내
마음을 이야기하고, 그걸 풀어가는 게
부부관계의 핵심인 것 같다.

누군가는 양보해야 하고, 누군가는 이해해야 하고,
누군가는 포기해야 한다. 그것이 한쪽의 일방적인
수고가 아니라 서로 대화하며 조금 덜
불편한 사람이 수고한다면 부부는 함께
성장하고 자랄 수 있지 않을까.

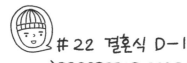 # 22 결혼식 D-1

결혼식에서 들러리의 역할은 크다

예식에 틀 음악 선곡

부토니에, 부케 등 셀렉 & 픽업

들러리 드레스컬러 정하기

신부가 요청하는 일

예식 순서지 제작

결혼식에 필요한 사전 잡무를 맡아주고

당일에는 신부를 보조하며 빛내주는 역할을 한다

외국의 경우 예식 당일 신부가 긴장하거나
도망가는 일도(cold feet) 간혹 생기는데

들러리들이 결혼식 하루이틀 전부터
신부와 함께 식을 준비하여 긴장을 풀어준다

예식 전날 식장에 미리 가서
동선 체크, 간단한 순서 체크도 같이 한다

다행히 비는 안 와
내일 춥거나
바람 불면 안되는데

언니 여기
잔디가 길어서
걸을 때 조심해야 해

언니~ 아주버님이
노래하시려면
마이크 하나더 필요하겠다

231

섬세(예민)한 언니를 대신해
친한 동생들이 들러리를 서며 챙겨주었고

남자측의 들러리들도 짐 옮기거나 픽업하는 일을
도와주었다

모두 자기 일처럼 애써주었다

피크닉처럼 즐겁고 예쁜 파티가
준비되고 있었다

우리가 식과 관련된 것들을 체크하는 동안 양가 부모님은 비행기를 타셨다

드디어 양가 부모님은 제주의 명물
갈치조림 식당에서 처음으로 만나셨다

상견례에 호텔은 무슨!
맛있는게 최고지

#23 드디어 상견례

사돈을 처음 만난 우리 엄마는
일단 매뉴얼대로 딸 소개를 했다

우리 애가
일만 하고 살아서
아무것도 할 줄 몰라요

아이고 마
요새 사람들
일하느라 다 그렇지요

어머님도 멋지게 받아주셨다

아이고 말도 마이소
결혼은 아예
관심도 없어 해서

엄청 고생했어예

빌나도 너우 빌나서

그래도 엄청 효자라
엄마 부탁은
거절 못 했지예

어머님은 몇 가지 썰을 푸셨는데
그중 압권은 바로...

결혼할 생각도 안 하고 소개팅도 거부하니
상대에게 미리 양해를 구하고

애가
숫기가 아예 없어서
그래도 괜찮다면

1:5로 소개팅한 썰이었다

어머님   누나   조카2   조카1

남자와 나는 적당히 말을 섞으며
사돈 간 대화의 수위 조절에 힘썼다

나는 남자에 대한 얘기를 전해들으며

얼마나
집에 냄새나는 걸
싫어하는지
아침에 생선 구웠다고
밥도 안 먹고 나가버리고

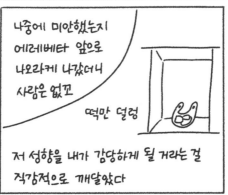

나중에 미안했는지
에레베타 앞으로
나오라케 나갔더니
사람은 없꼬

떡만 덜렁

저 성향을 내가 감당하게 될 거라는 걸
직감적으로 깨달았다

아버지들은 가볍게 술을 마시고

한 잔 하시죠   끝

나는 남자에 대한 정보를 주워 담으며

예민

딸

다혈

결혼식 전야는 그렇게 흘러갔다

+++

부모에게 자식은 늘 자랑거리다. 자칫 자기 자식 자랑만 앞세우면 상대방의 심기를 묘하게 건드릴 수 있는데, 상견례 자리는 더욱 조심해야 한다. 남자와 나는 그것을 주의하기로 하면서 적당히 말을 섞으며 자랑 레벨을 조절했다. '여기서 절대 틀어지면 안 된다, 내일이 결혼식이잖아!'라는 생각이 지배적이었던 것 같다.

양가 부모님도 맛있는 음식을 드시며 우리 둘의 기적적인 만남과 결혼에 대한 이야기를 주로 하며 대화를 이끌어가셨다. 형님과 아주버님도 경상도와 전라도 집안인데 우리도 똑같다고 재미있어 하셨다. 시어머니와 시아버지의 나이 차가 8년, 우리 엄마와 아빠도 8년 차이라는 점도 신기했다.

"쟤들은 운명적 커플이네요."

그날 양가 부모님이 내린 결론이었다.

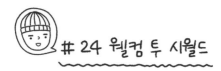
#24 웰컴 투 시월드

우리 부모님은 신혼집에서 주무시기로 했고
시부모님이 묵으실 숙소는 남자가 챙겼다

훌륭해

지나가며…

30평이나 되고
방도 커서
우리 식구들이
다 머물 수 있오

너무 바빠 내가 직접 체크하지 못했는데

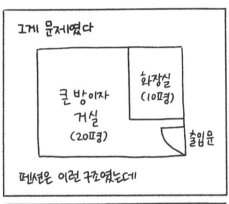

그게 문제였다

큰 방이자
거실
(20평)

화장실
(10평)

출입문

펜션은 이런 구조였는데

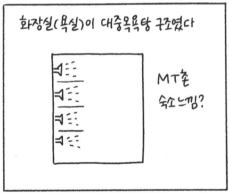

화장실(욕실)이 대중목욕탕 구조였다

MT촌
숙소 느낌?

시부모님이 숙소에 들어가시고
뒤이어 다른 가족들이 도착했다

펜션이
와 이리 생겼노

형부랑 우리랑
한 방에서 자나

때수건 사온나
다같이 등이나 밀자

다행히 오랜만에 만난 남자측 가족들은

그래도 가가 우리한테
억수로 잘했다 아이가

밝은 달을 보고, 벨난 놈의 결혼 스토리를 들으며
그간의 이야기를 풀었다

250

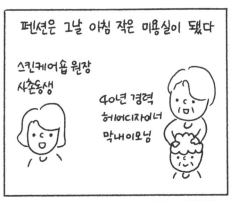

펜션은 그날 아침 작은 미용실이 됐다

스킨케어숍 원장
사촌동생

40년 경력
헤어디자이너
막내이모님

개안나

개안타

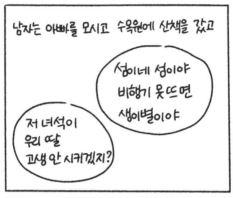

남자는 아빠를 모시고 수목원에 산책을 갔고

섬이네 섬이야
비행기 못 뜨면
생이별이야

저 녀석이
우리 딸
고생 안 시키겠지?

나 오늘
결혼해

싱글
벙글

엄마와 나는 메이크업 숍으로 갔다

○○ 헤어

들러리 포함 모든 드레스가 짧아
날씨 걱정을 했는데

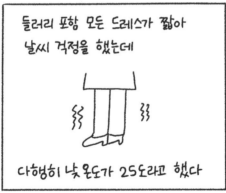

다행히 낮 온도가 25도라고 했다

예상대로 수요일 오후 1시 예식은
참석하기 어려운 예식이었고

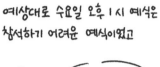

오지 말라니 더 오고 싶었지

남자와 내 주변의 별난친구들과
가족, 친척들만 참석했다

어디서 나 몰래 결혼을!

남자와 처음 만난 뒤 140일째 되는 날이
시작되고 있었다

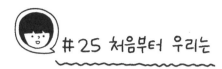

#25 처음부터 우리는

사랑을 배운 적 없어
무엇이 사랑인 줄 몰랐다

좋아하는 마음이 켜켜이 쌓이면
사랑이 되는 줄 알았는데

그 사랑이 세월을 덧입으면
빛이 바라고 남루해졌다

세상의 기준을 벗어나

사랑은 결단이라는 말을

처음 전해준 그 앞에

나의 생각을 내려놓고
내 마음을 낮춘다

그리고 사랑을 배운다

한 영혼의 순수한 눈을 들여다보며

처음으로 깨닫는다

우리 두 사람

용기를 내어 많은 것을 내려놓았고
다시 돌아갈 길을 만들지 않았음을

그리고 어쩌면
처음부터 우리는

하나였음을

진짜 사랑은 지금부터 시작!
이제, 현실이다!

독신주의자와 결혼하기

ⓒ하다하다, 2022

초판 1쇄 발행 2022년 9월 5일

펴낸 곳	섬타임즈
펴낸이	이애경
편집	이안
디자인	조주영

출판등록	제651-2020-000041호
주소	제주시 애월읍 소길1길 15
이메일	sometimesjeju@gmail.com
대표전화	0507-1331-3219
인스타그램	sometimes.books

ISBN	979-11-974042-4-5 04810
	979-11-974042-3-8 (세트)